I HAVE A DREAM

Discours du pasteur Martin Luther King,
Washington D.C.,
28 août 1963

suivi de

LA NATION ET LA RACE

Conférence faite en Sorbonne
par Ernest Renan, 11 mars 1882

Éditions Points

Conseiller littéraire : Ulysse Korolitski

L'éditeur remercie Christophe Bataille
pour son aimable contribution

Sources :
Pour le texte de M. Luther King :

Pour le texte d'E. Renan,
extrait de *Qu'est-ce qu'une nation ?*, 1882

ISBN 978-2-7578-1499-4

Sommaire

« I have a dream »

Discours du pasteur Martin Luther King,
Washington D.C., 28 août 1963

Pasteur noir, Martin Luther King est, depuis le milieu des années 1950, l'un des principaux animateurs de la lutte contre la ségrégation aux États-Unis. En 1963, il se rend à Birmingham, en Alabama, pour soutenir le mouvement local pour les droits civiques. Devant la violence des émeutes interraciales qui s'y produisent et l'émotion du pays, le président Kennedy propose une loi en faveur de l'égalité civique. Martin Luther King organise alors une marche réunissant 250 000 personnes pour soutenir ce projet. C'est au terme de celle-ci qu'il prononce son célèbre discours, « I have a dream », hymne à l'égalité et à la liberté. Le président Kennedy est assassiné le 22 novembre 1963, mais, en juillet 1964, sous la présidence de son successeur, Lyndon B. Johnson, le Civil Rights Act *est voté.*

Martin Luther King's speech

I am happy to join with you today in what will go down in history as the greatest demonstration for freedom in the history of our nation.

Five score years ago, a great American, in whose symbolic shadow we stand today, signed the Emancipation Proclamation. This momentous decree came as a great beacon light of hope to millions of Negro slaves who had been seared in the flames of withering injustice. It came as a joyous daybreak to end the long night of their captivity.

But one hundred years later, the Negro still is not free. One hundred years later, the life of the Negro is still sadly crippled by the manacles of segregation and the chains of discrimination. One hundred years later, the Negro lives on a lonely island of poverty in the midst of a vast ocean of material prosperity. One hundred years later, the Negro is

Discours de Martin Luther King

Je suis heureux d'être avec vous aujourd'hui dans ce rassemblement qui restera dans l'histoire de notre nation comme la plus grande manifestation en faveur de la liberté.

Il y a cent ans, un grand Américain, dans l'ombre symbolique duquel nous nous tenons aujourd'hui, signait l'Acte d'émancipation. Ce décret capital est arrivé comme la lumière d'espoir d'un grand phare pour des millions d'esclaves noirs marqués au feu d'une cinglante injustice. Il est arrivé comme une aube joyeuse à la fin de la longue nuit de leur captivité.

Mais cent ans ont passé, et le Noir n'est toujours pas libre. Cent ans ont passé, et l'existence du Noir est encore tristement entravée par les menottes de la ségrégation et les chaînes de la discrimination. Cent ans ont passé, et le Noir vit

still languished in the corners of American society and finds himself an exile in his own land. And so we've come here today to dramatize a shameful condition.

In a sense we've come to our nation's capital to cash a check. When the architects of our republic wrote the magnificent words of the Constitution and the Declaration of Independence, they were signing a promissory note to which every American was to fall heir. This note was a promise that all men, yes, black men as well as white men, would be guaranteed the "unalienable Rights" of "Life, Liberty and the pursuit of Happiness." It is obvious today that America has defaulted on this promissory note, insofar as her citizens of color are concerned. Instead of honoring this sacred obligation, America has given the Negro people a bad check, a check which has come back marked "insufficient funds."

toujours sur l'île solitaire de la pauvreté au milieu d'un vaste océan de prospérité matérielle. Cent ans ont passé, et le Noir croupit encore dans les marges de la société américaine comme un exilé dans son propre pays. Et c'est pourquoi nous sommes venus ici aujourd'hui pour exposer cette honteuse situation.

Nous sommes en quelque sorte venus dans la capitale de notre pays pour encaisser un chèque. Lorsque les architectes de notre république ont écrit les mots magnifiques de la Constitution et de la Déclaration d'indépendance, ils ont signé un billet à ordre dont chaque Américain devait hériter. Ce billet était une promesse que tous les hommes, oui, les Noirs comme les Blancs, se verraient garantir les « droits inaliénables à la vie, à la liberté et à la recherche du bonheur ». Il est aujourd'hui évident que l'Amérique a failli à cet engagement en ce qui concerne ses citoyens de couleur. Au lieu d'honorer cette obligation sacrée, l'Amérique a donné au peuple noir un chèque en bois, un chèque qui est revenu avec la mention « provisions insuffisantes ».

But we refuse to believe that the bank of justice is bankrupt. We refuse to believe that there are insufficient funds in the great vaults of opportunity of this nation. And so, we've come to cash this check, a check that will give us upon demand the riches of freedom and the security of justice.

We have also come to this hallowed spot to remind America of the fierce urgency of Now. This is no time to engage in the luxury of cooling off or to take the tranquilizing drug of gradualism. Now is the time to make real the promises of democracy. Now is the time to rise from the dark and desolate valley of segregation to the sunlit path of racial justice. Now is the time to lift our nation from the quicksands of racial injustice to the solid rock of brotherhood. Now is the time to make justice a reality for all of God's children.

It would be fatal for the nation to overlook the urgency of the moment. This sweltering summer of the Negro's legitimate

Mais nous refusons de croire que la banque de la justice est en faillite. Nous refusons de croire qu'il y ait des fonds insuffisants dans les grands coffres-forts de l'opportunité de ce pays. Aussi sommes-nous venus encaisser ce chèque, un chèque qui nous accordera sur demande les richesses de la liberté et la sécurité de la justice.

Nous sommes également venus en ce lieu sanctifié pour rappeler à l'Amérique l'urgence brûlante du présent. Il n'est plus temps de se laisser aller au luxe de l'attente ni de prendre le tranquillisant du gradualisme. Le moment est venu de réaliser les promesses de la démocratie. Le moment est venu de se lever de la vallée sombre et désolée de la ségrégation pour parcourir le sentier ensoleillé de la justice raciale. Le moment est venu de tirer notre nation des sables mouvants de l'injustice raciale pour prendre pied sur le rocher solide de la fraternité. Le moment est venu de faire de la justice une réalité pour tous les enfants de Dieu.

Il serait fatal à la nation de négliger le caractère d'urgence de ce moment. Cet été étouffant du mécontentement légitime

discontent will not pass until there is an invigorating autumn of freedom and equality. Nineteen sixty-three is not an end, but a beginning. And those who hope that the Negro needed to blow off steam and will now be content will have a rude awakening if the nation returns to business as usual. And there will be neither rest nor tranquillity in America until the Negro is granted his citizenship rights. The whirlwinds of revolt will continue to shake the foundations of our nation until the bright day of justice emerges.

But there is something that I must say to my people, who stand on the warm threshold which leads into the palace of justice : In the process of gaining our rightful place, we must not be guilty of wrongful deeds. Let us not seek to satisfy our thirst for freedom by drinking from the cup of bitterness and hatred. We must forever conduct our struggle on the high plane of dignity and discipline. We must not allow our creative protest to degenerate into physical violence.

des Noirs ne passera pas avant qu'advienne un automne revigorant de liberté et d'égalité. 1963 n'est pas une fin, mais un commencement. Et ceux qui espèrent que le Noir avait besoin de relâcher la vapeur et s'estimera désormais satisfait se préparent à un rude réveil si le pays retourne comme d'habitude à ses affaires. Il n'y aura ni repos ni tranquillité en Amérique tant que le Noir ne se verra pas accorder ses droits de citoyen. Les tourbillons de la révolte continueront à ébranler les fondations de notre nation jusqu'à ce que se lève le jour éclatant de la justice.

Mais il est une chose que je dois dire à mon peuple, qui se tient sur le seuil brûlant qui conduit au palais de la justice : dans le processus qui vise à obtenir notre juste place, nous ne devons pas nous rendre coupables d'actes répréhensibles. Ne cherchons pas à satisfaire notre soif de liberté en buvant à la coupe de l'amertume et de la haine. Nous devons toujours mener notre combat sur les hauts plateaux de la dignité et de la discipline. Nous ne devons pas laisser notre protestation créative dégénérer en violence physique.

Again and again, we must rise to the majestic heights of meeting physical force with soul force. The marvelous new militancy which has engulfed the Negro community must not lead us to a distrust of all white people, for many of our white brothers, as evidenced by their presence here today, have come to realize that their destiny is tied up with our destiny. And they have come to realize that their freedom is inextricably bound to our freedom. We cannot walk alone.

And as we walk, we must make the pledge that we shall always march ahead. We cannot turn back. There are those who are asking the devotees of civil rights, "When will you be satisfied ?" We can never be satisfied as long as the Negro is the victim of the unspeakable horrors of police brutality. We can never be satisfied as long as our bodies, heavy with the fatigue of travel, cannot gain lodging in the motels of the highways and the hotels of the cities. We cannot be satisfied as long as the negro's basic mobility is

Encore et toujours, nous devons nous élever jusqu'aux cimes majestueuses où se rencontrent la force physique et la force d'âme. Le merveilleux nouveau militantisme qui s'est emparé de la communauté noire ne doit pas nous conduire à nous méfier de tous les Blancs, car nombre de nos frères blancs, comme en atteste leur présence ici aujourd'hui, ont compris que leur destin est lié à notre destin. Ils ont compris que leur liberté est inextricablement liée à notre liberté. Nous ne pouvons pas marcher seuls.

Et tandis que nous marchons, nous devons prendre l'engagement de toujours aller de l'avant. Nous ne pouvons pas revenir en arrière. Il en est qui demandent aux partisans des droits civiques : « Quand serez-vous satisfaits ? » Nous ne pourrons jamais être satisfaits tant que le Noir sera victime des horreurs indicibles de la brutalité policière. Nous ne pourrons jamais être satisfaits tant que nos corps, lourds de la fatigue du voyage, ne pourront trouver à se loger dans les motels le long des routes et les hôtels des villes. Nous ne pourrons jamais être satisfaits tant que la mobilité fondamentale du Noir se réduira

from a smaller ghetto to a larger one. We can never be satisfied as long as our children are stripped of their self-hood and robbed of their dignity by signs stating : "For Whites Only." We cannot be satisfied as long as a Negro in Mississippi cannot vote and a Negro in New York believes he has nothing for which to vote. No, no, we are not satisfied, and we will not be satisfied until "justice rolls down like waters, and righteousness like a mighty stream."

I am not unmindful that some of you have come here out of great trials and tribulations. Some of you have come fresh from narrow jail cells. And some of you have come from areas where your quest – quest for freedom left you battered by the storms of persecution and staggered by the winds of police brutality. You have been the veterans of creative suffering. Continue to work with the faith that unearned suffering is redemptive. Go back to Mississippi, go back to Alabama, go back to South Carolina, go back to Georgia, go back to Louisiana,

à passer d'un petit ghetto à un plus grand. Nous ne pourrons jamais être satisfaits tant que nos enfants seront dépouillés de leur identité et privés de leur dignité par des pancartes qui déclarent : « Réservé aux Blancs ». Nous ne pourrons être satisfaits tant qu'un Noir du Mississippi ne pourra voter et qu'un Noir de New York croira qu'il n'a aucune raison de le faire. Non, non, nous ne sommes pas satisfaits, et nous ne le serons pas jusqu'à ce que « le droit s'écoule comme les eaux et la justice comme un torrent impétueux ».

Je n'ignore pas que certains d'entre vous sont venus ici à la suite de grandes épreuves et tribulations. Certains d'entre vous sortent tout juste d'étroites cellules de prison. Certains d'entre vous viennent de régions où leur quête de liberté les a laissés meurtris par les tempêtes de la persécution et secoués par les vents de la brutalité policière. Vous êtes les vétérans de la souffrance créatrice. Continuez à travailler dans la foi que la souffrance imméritée est rédemptrice. Retournez au Mississippi, retournez en Alabama, retournez en Caroline du Sud, retournez en Géorgie, retournez en Louisiane,

go back to the slums and ghettos of our northern cities, knowing that somehow this situation can and will be changed. Let us not wallow in the valley of despair.

I say to you today, my friends, and so even though we face the difficulties of today and tomorrow, I still have a dream. It is a dream deeply rooted in the American dream.

I have a dream that one day this nation will rise up and live out the true meaning of its creed : "We hold these truths to be self-evident, that all men are created equal."

I have a dream that one day on the red hills of Georgia, the sons of former slaves and the sons of former slave owners will be able to sit down together at the table of brotherhood.

I have a dream that one day even the state of Mississippi, a state sweltering with the heat of injustice, sweltering with the heat of oppression, will be transformed into an oasis of freedom and justice.

retournez dans les taudis et les ghettos de nos cités du Nord, en sachant que d'une manière ou d'une autre cette situation peut changer et qu'elle changera. Ne nous vautrons pas dans la vallée du désespoir.

Je vous le dis aujourd'hui, mes amis, quand bien même nous devons affronter les difficultés d'aujourd'hui et de demain, je fais pourtant un rêve. C'est un rêve profondément enraciné dans le rêve américain.

Je fais le rêve qu'un jour cette nation se lèvera et vivra pleinement le véritable sens de son credo : « Nous tenons ces vérités pour évidentes que tous les hommes ont été créés égaux ».

Je fais le rêve qu'un jour sur les collines rouges de Géorgie, les fils des anciens esclaves et les fils des anciens propriétaires d'esclaves pourront s'asseoir ensemble à la table de la fraternité.

Je fais le rêve qu'un jour même l'État du Mississippi, un État qui étouffe dans la fournaise de l'injustice, qui étouffe dans la fournaise de l'oppression, sera transformé en une oasis de liberté et de justice.

I have a dream that my four little children will one day live in a nation where they will not be judged by the color of their skin but by the content of their character.

I have a dream *today !*

I have a dream that one day, down in Alabama, with its vicious racists, with its governor having his lips dripping with the words of "interposition" and "nullification" – one day right there in Alabama little black boys and black girls will be able to join hands with little white boys and white girls as sisters and brothers.

I have a dream *today !*

I have a dream that one day "every valley shall be exalted, and every hill and mountain shall be made low, the rough places will be made plain, and the crooked places will be made straight ; and the glory of the Lord shall be revealed and all flesh shall see it together."

Je fais le rêve que mes quatre jeunes enfants vivront un jour dans une nation où ils ne seront pas jugés sur la couleur de leur peau mais sur la nature de leur caractère.

Je fais aujourd'hui un rêve !

Je fais le rêve qu'un jour au fond de l'Alabama, où les racistes sont des brutes, où le gouverneur a la bouche qui dégouline des mots « interposition » et « nullification »[1], qu'un jour, là en Alabama, les petits garçons noirs et les petites filles noires pourront se prendre par la main avec les petits garçons blancs et les petites filles blanches comme des frères et sœurs.

Je fais aujourd'hui un rêve !

Je fais le rêve qu'un jour « toute vallée soit comblée, toute montagne et toute colline abaissées, que les lieux accidentés se changent en plaine et les escarpements en large vallée, alors la gloire du Seigneur sera révélée, et tout ce qui est chair la verra »[2].

1. Procédure du droit américain qui permet à un État d'annuler une décision de justice basée sur la loi fédérale en la déclarant invalide sur le plan constitutionnel.

2. Isaïe, 40.

This is our hope, and this is the faith that I go back to the South with. With this faith, we will be able to hew out of the mountain of despair a stone of hope. With this faith, we will be able to transform the jangling discords of our nation into a beautiful symphony of brotherhood. With this faith, we will be able to work together, to pray together, to struggle together, to go to jail together, to stand up for freedom together, knowing that we will be free one day. And this will be the day – this will be the day when all of God's children will be able to sing with new meaning :

My country 'tis of thee, sweet land of liberty, of thee I sing.

Land where my fathers died, land of the Pilgrim's pride,

From every mountainside, let freedom ring!

And if America is to be a great nation, this must become true.

And so let freedom ring from the prodigious hilltops of New Hampshire.

Let freedom ring from the mighty mountains of New York.

Telle est notre espérance. Telle est la foi avec laquelle je repartirai dans le Sud. Forts de cette foi, nous pourrons tailler dans la montagne du désespoir une pierre d'espoir. Forts de cette foi, nous pourrons transformer les stridentes discordes de notre nation en une merveilleuse symphonie de fraternité. Forts de cette foi, nous pourrons travailler ensemble, prier ensemble, lutter ensemble, aller en prison ensemble, défendre la liberté ensemble, en sachant qu'un jour nous serons libres. Ce sera le jour où tous les enfants de Dieu pourront chanter en lui donnant un sens nouveau :

« Mon pays, c'est toi, douce terre de liberté, toi que je chante.

Terre où sont morts mes pères, terre de la fierté des pèlerins,

Du flanc de chaque montagne, que retentisse la liberté ! »

Et si l'Amérique doit être une grande nation, cela doit devenir vrai.

Que la liberté retentisse depuis les sommets prodigieux du New Hampshire !

Que la liberté retentisse depuis les puissantes montagnes de l'État de New York !

Let freedom ring from the heightening Alleghenies of Pennsylvania.

Let freedom ring from the snow-capped Rockies of Colorado.

Let freedom ring from the curvaceous slopes of California.

But not only that :

Let freedom ring from Stone Mountain of Georgia.

Let freedom ring from Lookout Mountain of Tennessee.

Let freedom ring from every hill and molehill of Mississippi.

From every mountainside, let freedom ring.

And when this happens, when we allow freedom ring, when we let it ring from every village and every hamlet, from every state and every city, we will be able to speed up that day when all *of God's children, black men and white men, Jews and Gentiles, Protestants and Catholics, will be able to join hands and sing in the words of the old Negro spiritual :*

Que la liberté retentisse depuis le massif de l'Allegheny en Pennsylvanie !

Que la liberté retentisse depuis les Rocheuses enneigées du Colorado !

Que la liberté retentisse depuis les pentes ondoyantes de Californie !

Mais pas seulement : Que la liberté retentisse depuis la Stone Mountain de Géorgie !

Que la liberté retentisse depuis la Lookout Mountain du Tennessee !

Que la liberté retentisse depuis chaque colline et chaque monticule du Mississippi !

Du flanc de chaque montagne, que la liberté retentisse !

Et quand cela arrivera, quand nous laisserons retentir la liberté, quand nous la ferons retentir dans chaque village et chaque hameau, dans chaque État et chaque ville, nous pourrons hâter la venue du jour où tous les enfants de Dieu, noirs et blancs, juifs et gentils, protestants et catholiques, pourront se prendre par la main et chanter les paroles du vieux negro spiritual :

Free at last ! Free at last !
Thank God Almighty, we are free at last !

Libres enfin ! Libres enfin !

Béni soit le Tout-Puissant, nous sommes libres enfin !

Traduit de l'anglais par Pascale Haas

Chronologie*

15 janvier 1929 : naissance de Martin Luther King, à Atlanta (Géorgie).

1947 : ordonné ministre dans l'Église baptiste.

1951 : licence de théologie au *Crozer Theological Seminary* (Pennsylvanie).

1954 : nommé pasteur dans une paroisse de Montgomery, Alabama.

Mai 1954 : *la Cour Suprême déclare la ségrégation scolaire inconstitutionnelle.*

1955 : Martin Luther King obtient un doctorat de philosophie à l'université de Boston.

1er décembre 1955 : *à Montgomery, Rosa Parks refuse d'obéir au conducteur d'un autobus qui lui demande de céder sa place à un Blanc.*

5 décembre 1955 : Martin Luther King lance une grande campagne de boycott contre les autobus municipaux de Montgomery, qui durera 382 jours.

---

* Les événements historiques sont présentés en italique.

Décembre 1956 : *la Cour suprême déclare la ségrégation dans les transports inconstitutionnelle.*

1957 : Martin Luther King fonde la Conférence des leaders chrétiens du Sud (SCLC), dont il est élu président et qui organise des boycotts et des *sit-in* (1957-1968).

Septembre 1957 : *à Little Rock, Arkansas, le gouverneur Faubus s'appuie sur la garde nationale pour interdire aux enfants noirs l'accès aux écoles.*

Printemps 1963 : Martin Luther King rejoint Birmingham pour soutenir le mouvement antiségrégationniste local.

Avril 1963 : Martin Luther King est emprisonné, rédaction de *Lettre de la prison de Birmingham.*

25 août 1963 : pour appuyer la loi sur les droits civiques du président Kennedy, il lance une marche pacifique vers Washington, rassemblant 250 000 personnes.

28 août 1963 : discours « I have a dream », devant le Lincoln Memorial à Washington.

1963 : est désigné « homme de l'année » par le magazine *Time.*

Juillet 1964 : *vote de la loi sur les droits civiques au Congrès : interdiction de toute discrimination raciale dans l'accès aux fonctions publiques, l'embauchage, les licenciements, les salaires, le logement, l'enseignement et les opérations électorales.*

Octobre 1964 : Martin Luther King obtient le prix Nobel de la paix.

7 mars 1965 : *répression violente d'une marche pacifique entre Selma et Montgomery.*

21 mars 1965 : Martin Luther King mène une nouvelle marche entre Selma et Montgomery, les participants sont 3 000 au départ et 25 000 à l'arrivée, quatre jours plus tard.
Avril 1967 : discours contre la guerre du Viêt Nam.
Mars 1968 : se rend à Memphis, Tennessee, pour soutenir les éboueurs noirs locaux.
4 avril 1968 : mort de Martin Luther King, assassiné par un militant ségrégationniste sur le balcon du *Lorraine Motel*, à Memphis.

« La nation et la race »

Conférence faite en Sorbonne
par Ernest Renan, 11 mars 1882

Philologue, historien et philosophe, Ernest Renan est l'un des penseurs les plus célèbres et les plus décriés de son époque. En 1882, il décide de s'en prendre à la conception germanique et romantique de la nation : la nation ne saurait se définir par une donnée naturelle ou un caractère indépendant du libre choix des hommes. C'est ainsi que Renan nie que la géographie, la langue, la religion, les intérêts ou la race puissent définir la communauté nationale. Pour Renan, on n'appartient à une communauté qu'en voulant y appartenir. De ce point de vue, on comprend que la race soit indifférente : la politique et la volonté d'appartenance ne sauraient se fonder sur la biologie.

Discours d'Ernest Renan

À entendre certains théoriciens politiques, une nation est avant tout une dynastie, représentant une ancienne conquête, conquête acceptée d'abord, puis oubliée par la masse du peuple. Selon les politiques dont je parle, le groupement de provinces effectué par une dynastie, par ses guerres, par ses mariages, par ses traités, finit avec la dynastie qui l'a formé. Il est très vrai que la plupart des nations modernes ont été faites par une famille d'origine féodale, qui a contracté mariage avec le sol et qui a été en quelque sorte un noyau de centralisation. Les limites de la France en 1789 n'avaient rien de naturel ni de nécessaire. La large zone que la maison capétienne avait ajoutée à l'étroite lisière du traité de Verdun fut bien l'acquisition personnelle de cette maison. À l'époque

où furent faites les annexions, on n'avait l'idée ni des limites naturelles, ni du droit des nations, ni de la volonté des provinces. La réunion de l'Angleterre, de l'Irlande et de l'Écosse fut de même un fait dynastique. L'Italie n'a tardé si longtemps à être une nation que parce que, parmi ses nombreuses maisons régnantes, aucune, avant notre siècle, ne se fit le centre de l'unité. Chose étrange, c'est à l'obscure île de Sardaigne, terre à peine italienne, qu'elle a pris un titre royal. La Hollande, qui s'est créée elle-même, par un acte d'héroïque résolution, a néanmoins contracté un mariage intime avec la maison d'Orange, et elle courrait de vrais dangers le jour où cette union serait compromise.

Une telle loi, cependant, est-elle absolue ? Non, sans doute. La Suisse et les États-Unis, qui se sont formés comme des conglomérats d'additions successives, n'ont aucune base dynastique. Je ne discuterai pas la question en ce qui concerne la France. Il faudrait avoir le secret de l'avenir. Disons seulement que cette grande royauté française avait été si hautement nationale, que, le lendemain de

sa chute, la nation a pu tenir sans elle. Et puis le XVIIIe siècle avait changé toute chose. L'homme était revenu, après des siècles d'abaissement, à l'esprit antique, au respect de lui-même, à l'idée de ses droits. Les mots de patrie et de citoyen avaient repris leur sens. Ainsi a pu s'accomplir l'opération la plus hardie qui ait été pratiquée dans l'histoire, opération que l'on peut comparer à ce que serait, en physiologie, la tentative de faire vivre en son identité première un corps à qui l'on aurait enlevé le cerveau et le cœur.

Il faut donc admettre qu'une nation peut exister sans principe dynastique, et même que des nations qui ont été formées par des dynasties peuvent se séparer de cette dynastie sans pour cela cesser d'exister. Le vieux principe qui ne tient compte que du droit des princes ne saurait plus être maintenu ; outre le droit dynastique, il y a le droit national. Ce droit national, sur quel critérium le fonder ? à quel signe le connaître ? de quel fait tangible le faire dériver ?

I. - De la race, disent plusieurs avec assurance. Les divisions artificielles, résultant de la féodalité, des mariages princiers, des congrès de diplomates, sont caduques. Ce qui reste ferme et fixe, c'est la race des populations. Voilà ce qui constitue un droit, une légitimité. La famille germanique, par exemple, selon la théorie que j'expose, a le droit de reprendre les membres épars du germanisme, même quand ces membres ne demandent pas à se rejoindre. Le droit du germanisme sur telle province est plus fort que le droit des habitants de cette province sur eux-mêmes. On crée ainsi une sorte de droit primordial analogue à celui des rois de droit divin ; au principe des nations on substitue celui de l'ethnographie. C'est là une très grande erreur, qui, si elle devenait dominante, perdrait la civilisation européenne. Autant le principe des nations est juste et légitime, autant celui du droit primordial des races est étroit et plein de danger pour le véritable progrès.

Dans la tribu et la cité antiques, le fait de la race avait, nous le reconnaissons, une importance de premier ordre. La

tribu et la cité antiques n'étaient qu'une extension de la famille. À Sparte, à Athènes, tous les citoyens étaient parents à des degrés plus ou moins rapprochés. Il en était de même chez les Beni-Israël ; il en est encore ainsi dans les tribus arabes. D'Athènes, de Sparte, de la tribu israélite, transportons-nous dans l'Empire romain. La situation est tout autre. Formée d'abord par la violence, puis maintenue par l'intérêt, cette grande agglomération de villes, de provinces absolument différentes, porte à l'idée de race le coup le plus grave. Le christianisme, avec son caractère universel et absolu, travaille plus efficacement encore dans le même sens. Il contracte avec l'Empire romain une alliance intime, et, par l'effet de ces deux incomparables agents d'unification, la raison ethnographique est écartée du gouvernement des choses humaines pour des siècles.

L'invasion des barbares fut, malgré les apparences, un pas de plus dans cette voie. Les découpures de royaumes barbares n'ont rien d'ethnographique ; elles sont réglées par la force ou le caprice des envahisseurs. La race des populations

qu'ils subordonnaient était pour eux la chose la plus indifférente. Charlemagne refit à sa manière ce que Rome avait déjà fait : un empire unique composé des races les plus diverses ; les auteurs du traité de Verdun, en traçant imperturbablement leurs deux grandes lignes du nord au sud, n'eurent pas le moindre souci de la race des gens qui se trouvaient à droite ou à gauche. Les mouvements de frontière qui s'opérèrent dans la suite du Moyen Âge furent aussi en dehors de toute tendance ethnographique. Si la politique suivie de la maison capétienne est arrivée à grouper à peu près, sous le nom de France, les territoires de l'ancienne Gaule, ce n'est pas là un effet de la tendance qu'auraient eue ces pays à se rejoindre à leurs congénères. Le Dauphiné, la Bresse, la Provence, la Franche-Comté ne se souvenaient plus d'une origine commune. Toute conscience gauloise avait péri dès le IIe siècle de notre ère, et ce n'est que par une vue d'érudition que, de nos jours, on a retrouvé rétrospectivement l'individualité du caractère gaulois.

La considération ethnographique n'a

donc été pour rien dans la constitution des nations modernes. La France est celtique, ibérique, germanique. L'Allemagne est germanique, celtique et slave. L'Italie est le pays où l'ethnographie est la plus embarrassée. Gaulois, Étrusques, Pélasges, Grecs, sans parler de bien d'autres éléments, s'y croisent dans un indéchiffrable mélange. Les îles Britanniques, dans leur ensemble, offrent un mélange de sang celtique et germain dont les proportions sont singulièrement difficiles à définir.

La vérité est qu'il n'y a pas de race pure et que faire reposer la politique sur l'analyse ethnographique, c'est la faire porter sur une chimère. Les plus nobles pays, l'Angleterre, la France, l'Italie, sont ceux où le sang est le plus mêlé. L'Allemagne fait-elle à cet égard une exception ? Est-elle un pays germanique pur ? Quelle illusion ! Tout le Sud a été gaulois. Tout l'Est, à partir d'Elbe, est slave. Et les parties que l'on prétend réellement pures le sont-elles en effet ? Nous touchons ici à un des problèmes sur lesquels il importe le plus de se faire des idées claires et de prévenir les malentendus.

Les discussions sur les races sont interminables, parce que le mot race est pris par les historiens philologues et par les anthropologistes physiologistes dans deux sens tout à fait différents. Pour les anthropologistes, la race a le même sens qu'en zoologie ; elle indique une descendance réelle, une parenté par le sang. Or l'étude des langues et de l'histoire ne conduit pas aux mêmes divisions que la physiologie. Les mots des brachycéphales, de dolichocéphales n'ont pas de place en histoire ni en philologie. Dans le groupe humain qui créa les langues et la discipline aryennes, il y avait déjà des brachycéphales et des dolichocéphales. Il en faut dire autant du groupe primitif qui créa les langues et l'institution dites sémitiques. En d'autres termes, les origines zoologiques de l'humanité sont énormément antérieures aux origines de la culture, de la civilisation, du langage. Les groupes aryen primitif, sémitique primitif, touranien primitif n'avaient aucune unité physiologique. Ces groupements sont des faits historiques qui ont eu lieu à une certaine époque, mettons il y a quinze ou vingt mille ans, tandis que

l'origine zoologique de l'humanité se perd dans des ténèbres incalculables.

Ce qu'on appelle philologiquement et historiquement la race germanique est sûrement une famille bien distincte dans l'espèce humaine. Mais est-ce là une famille au sens anthropologique ? Non, assurément. L'apparition de l'individualité germanique dans l'histoire ne se fait que très peu de siècles avant Jésus-Christ. Apparemment les Germains ne sont pas sortis de terre à cette époque. Avant cela, fondus avec les Slaves dans la grande masse indistincte des Scythes, ils n'avaient pas leur individualité à part.

Un Anglais est bien un type dans l'ensemble de l'humanité. Or le type de ce qu'on appelle très improprement la race anglo-saxonne n'est ni le Breton du temps de César, ni l'Anglo-Saxon de Hengist, ni le Danois de Knut, ni le Normand de Guillaume le Conquérant ; c'est la résultante de tout cela. Le Français n'est ni un Gaulois, ni un Franc, ni un Burgonde. Il est ce qui est sorti de la grande chaudière où, sous la présidence du roi de France, ont fermenté ensemble les éléments les plus divers. Un habitant

de Jersey ou de Guernesey ne diffère en rien, pour les origines, de la population normande de la côte voisine. Au XIe siècle, l'œil le plus pénétrant n'eût pas saisi des deux côtés du canal la plus légère différence. D'insignifiantes circonstances font que Philippe-Auguste ne prend pas ces îles avec le reste de la Normandie. Séparées les unes des autres depuis près de sept cents ans, les deux populations sont devenues non seulement étrangères les unes aux autres, mais tout à fait dissemblables. La race, comme nous l'entendons, nous autres, historiens, est donc quelque chose qui se fait et se défait. L'étude de la race est capitale pour le savant qui s'occupe de l'histoire de l'humanité. Elle n'a pas d'application en politique. La conscience instinctive qui a présidé à la confection de la carte d'Europe n'a tenu aucun compte de la race, et les premières nations de l'Europe sont des nations de sang essentiellement mélangé.

Le fait de la race, capital à l'origine, va donc toujours perdant de son importance. L'histoire humaine diffère essentiellement de la zoologie. La race n'y est

pas tout, comme chez les rongeurs ou les félins, et on n'a pas le droit d'aller par le monde tâter le crâne des gens, puis les prendre à la gorge en leur disant : « Tu es notre sang ; tu nous appartiens ! » En dehors des caractères anthropologiques, il y a la raison, la justice, le vrai, le beau, qui sont les mêmes pour tous. Tenez, cette politique ethnographique n'est pas sûre. Vous l'exploitez aujourd'hui contre les autres ; puis vous la voyez se tourner contre vous-mêmes. Est-il certain que les Allemands, qui ont élevé si haut le drapeau de l'ethnographie, ne verront pas les Slaves venir analyser, à leur tour, les noms des villages de la Saxe et de la Lusace, rechercher les traces des Wiltzes ou des Obotrites, et demander compte des massacres et des ventes en masse que les Othons firent de leurs aïeux ? Pour tous il est bon de savoir oublier.

J'aime beaucoup l'ethnographie ; c'est une science d'un rare intérêt ; mais, comme je la veux libre, je la veux sans application politique. En ethnographie, comme dans toutes les études, les systèmes changent ; c'est la condition du progrès. Les limites des États suivraient

les fluctuations de la science. Le patriotisme dépendrait d'une dissertation plus ou moins paradoxale. On viendrait dire au patriote : « Vous vous trompiez ; vous versiez votre sang pour telle cause ; vous croyiez être celte ; non, vous êtes germain. » Puis, dix ans après, on viendra vous dire que vous êtes slave. Pour ne pas fausser la science, dispensons-la de donner un avis dans ces problèmes, où sont engagés tant d'intérêts. Soyez sûrs que, si on la charge de fournir des éléments à la diplomatie, on la surprendra bien des fois en flagrant délit de complaisance. Elle a mieux à faire : demandons-lui tout simplement la vérité.

II. - Ce que nous venons de dire de la race, il faut le dire de la langue. La langue invite à se réunir ; elle n'y force pas. Les États-Unis et l'Angleterre, l'Amérique espagnole et l'Espagne parlent la même langue et ne forment pas une seule nation. Au contraire, la Suisse, si bien faite, puisqu'elle a été faite par l'assentiment de ses différentes parties, compte trois ou quatre langues. Il y a dans l'homme quelque chose de supérieur à la langue : c'est la volonté. La volonté de la Suisse

d'être unie, malgré la variété de ses idiomes, est un fait bien plus important qu'une similitude souvent obtenue par des vexations.

Un fait honorable pour la France, c'est qu'elle n'a jamais cherché à obtenir l'unité de la langue par des mesures de coercition. Ne peut-on pas avoir les mêmes sentiments et les mêmes pensées, aimer les mêmes choses en des langages différents ? Nous parlions tout à l'heure de l'inconvénient qu'il y aurait à faire dépendre la politique internationale de l'ethnographie. Il n'y en aurait pas moins à la faire dépendre de la philologie comparée. Laissons à ces intéressantes études l'entière liberté de leurs discussions ; ne les mêlons pas à ce qui en altérerait la sérénité. L'importance politique qu'on attache aux langues vient de ce qu'on les regarde comme des signes de race. Rien de plus faux. La Prusse, où l'on ne parle plus qu'allemand, parlait slave il y a quelques siècles ; le pays de Galles parle anglais ; la Gaule et l'Espagne parlent l'idiome primitif d'Albe la Longue ; l'Égypte parle arabe ; les exemples sont innombrables.

Même aux origines, la similitude de langue n'entraînait pas la similitude de race. Prenons la tribu proto-aryenne ou proto-sémite ; il s'y trouvait des esclaves, qui parlaient la même langue que leurs maîtres ; or l'esclave était alors bien souvent d'une race différente de celle de son maître. Répétons-le : ces divisions de langues indo-européennes, sémitiques et autres, créées avec une si admirable sagacité par la philologie comparée, ne coïncident pas avec les divisions de l'anthropologie. Les langues sont des formations historiques, qui indiquent peu de choses sur le sang de ceux qui les parlent, et qui, en tout cas, ne sauraient enchaîner la liberté humaine quand il s'agit de déterminer la famille avec laquelle on s'unit pour la vie et pour la mort.

Cette considération exclusive de la langue a, comme l'attention trop forte donnée à la race, ses dangers, ses inconvénients. Quand on y met de l'exagération, on se renferme dans une culture déterminée, tenue pour nationale ; on se limite, on se claquemure. On quitte le grand air qu'on respire dans le vaste

champ de l'humanité pour s'enfermer dans des conventicules de compatriotes. Rien de plus mauvais pour l'esprit ; rien de plus fâcheux pour la civilisation. N'abandonnons pas ce principe fondamental, que l'homme est un être raisonnable et moral, avant d'être parqué dans telle ou telle langue, avant d'être un membre de telle ou telle race, un adhérent de telle ou telle culture. Avant la culture française, la culture allemande, la culture italienne, il y a la culture humaine. Voyez les grands hommes de la Renaissance ; ils n'étaient ni français, ni italiens, ni allemands. Ils avaient retrouvé, par leur commerce avec l'antiquité, le secret de l'éducation véritable de l'esprit humain, et ils s'y dévouaient corps et âme. Comme ils firent bien !

[...]

Chronologie*

27 février 1823 : naissance d'Ernest Renan, à Tréguier (Côtes du Nord).

1841 : études de théologie au séminaire d'Issy.

1843 : entrée au Grand Séminaire de Saint-Sulpice.

Octobre 1845 : quitte le Grand Séminaire de Saint-Sulpice, abandon de la vocation sacerdotale.

1845 : répétiteur dans une école privée (1845-1849).

Septembre 1848 : reçu premier à l'agrégation de philosophie.

1849 : mission en Italie (1849-1850).

1852 : soutenance de sa thèse sur Averroès.

Octobre 1860 : direction d'une mission archéologique au Liban et en Palestine (1860-1861).

1862 : nommé professeur, chaire d'Hébreu, au Collège de France, son cours est aussitôt suspendu pour des propos jugés sacrilèges sur Jésus-Christ.

Juin 1863 : publication de sa *Vie de Jésus*, premier tome de son *Histoire des origines du christianisme*. Succès

---

* Les événements historiques sont présentés en italique.

retentissant, le livre scandalise le clergé, il est nommé « le blasphémateur européen » par le pape.

1865 : voyages en Égypte, en Asie Mineure et en Grèce.

1869 : battu aux élections législatives en Seine-et-Marne.

1870 : réintégré au Collège de France.

1871 : publication de *La réforme intellectuelle et morale.*

13 juin 1878 : élu à l'Académie française, au fauteuil de Claude Bernard.

11 mars 1882 : conférence à la Sorbonne : « Qu'est-ce qu'une nation ? »

1883 : élu administrateur du Collège de France ; publication des *Souvenirs d'enfance et de jeunesse.*

1887 : parution du premier volume de son *Histoire d'Israël.*

2 octobre 1892 : mort d'Ernest Renan, à Paris.

LES GRANDS DISCOURS

« Elles sont 300 000 chaque année »
Discours de SIMONE VEIL, pour le droit à l'avortement, 26 novembre 1974
suivi de **« Accéder à la maternité volontaire »**
Discours de LUCIEN NEUWIRTH, 1er juillet 1967

« Lançons la liberté dans les colonies »
Discours de G. J. DANTON et L. DUFAY, 4 février 1794
suivi de **« La France est un arbre vivant »**
Discours de LÉOPOLD SÉDAR SENGHOR, 29 janvier 1957
et de **« La traite et l'esclavage sont un crime contre l'humanité »**
Discours de CHRISTIANE TAUBIRA-DELANNON, 18 février 1999

« Yes we can »
Discours de BARACK OBAMA, 8 janvier 2008
suivi de **« Nous surmonterons nos difficultés »**
Discours de FRANKLIN D. ROOSEVELT, 4 mars 1933
Édition bilingue

« Du sang, de la sueur et des larmes »
Discours de WINSTON CHURCHILL, 13 mai et 18 juin 1940
suivi de **L'Appel du 18 juin**
Déclarations du GÉNÉRAL DE GAULLE, 18 juin 1940
Édition bilingue

« Le mal ne se maintient que par la violence »
Déclaration du MAHATMA GANDHI, 23 mars 1922
suivi de **« La vérité est la seule arme dont nous disposons »**
Discours du DALAÏ LAMA, 10 décembre 1989
Édition bilingue

« Demain vous voterez l'abolition de la peine de mort »
Discours de Robert Badinter, 17 septembre 1981
suivi de **« Je crois qu'il y a lieu de recourir à la peine exemplaire »**
Discours de Maurice Barrès, 3 juillet 1908

« Vous frappez à tort et à travers »
Discours de François Mitterrand et Michel Rocard, 29 avril 1970
suivi de **« L'insécurité est la première des inégalités »**
Allocution de Nicolas Sarkozy, 18 mars 2009

RÉALISATION : NORD COMPO À VILLENEUVE-D'ASCQ
IMPRESSION : CPI BRODARD ET TAUPIN À LA FLÈCHE
DÉPÔT LÉGAL : AOÛT 2009. N° 100285-9 (65656)
IMPRIMÉ EN FRANCE

Collection Points

P2069. Néfertiti dans un champ de canne à sucre
Philippe Jaenada
P2070. Les Brutes, *Philippe Jaenada*
P2071. Milagrosa, *Mercedes Deambrosis*
P2072. Lettre à Jimmy, *Alain Mabanckou*
P2073. Volupté singulière, *A.L. Kennedy*
P2074. Poèmes d'amour de l'Andalousie à la mer Rouge.
Poésie amoureuse hébraïque, *Anthologie*
P2075. Quand j'écris je t'aime
suivi de Le Prolifique et Le Dévoreur
W.H. Auden
P2076. Comment éviter l'amour et le mariage
Dan Greenburg, Suzanne O'Malley
P2077. Le Fouet, *Martine Rofinella*
P2078. Cons, *Juan Manuel Prada*
P2079. Légendes de Catherine M., *Jacques Henric*
P2080. Le Beau Sexe des hommes, *Florence Ehnuel*
P2081. G., *John Berger*
P2082. Sombre comme la tombe où repose mon ami
Malcolm Lowry
P2083. Le Pressentiment, *Emmanuel Bove*
P2084. L'Art du roman, *Virginia Woolf*
P2085. Le Clos Lothar, *Stéphane Héaume*
P2086. Mémoires de nègre, *Abdelkader Djemaï*
P2087. Le Passé, *Alan Pauls*
P2088. Bonsoir les choses d'ici-bas, *António Lobo Antunes*
P2089. Les Intermittences de la mort, *José Saramago*
P2090. Même le mal se fait bien, *Michel Folco*
P2091. Samba Triste, *Jean-Paul Delfino*
P2092. La Baie d'Alger, *Louis Gardel*
P2093. Retour au noir, *Patrick Raynal*
P2094. L'Escadron guillotine, *Guillermo Arriaga*
P2095. Le Temps des cendres, *Jorge Volpi*
P2096. Frida Khalo par Frida Khalo. Lettres 1922-1954
Frida Khalo
P2097. Anthologie de la poésie mexicaine, *Claude Beausoleil*
P2098. Les Yeux du dragon, petits poèmes chinois, *Anthologie*
P2099. Seul dans la splendeur, *John Keats*
P2100. Beaux Présents, Belles Absentes, *Georges Perec*
P2101. Les Plus Belles Lettres du professeur Rollin.
Ou comment écrire au roi d'Espagne
pour lui demander la recette du Gaspacho
François Rollin

P2102. Répertoire des délicatesses du français contemporain
Renaud Camus
P2103. Un lien étroit, *Christine Jordis*
P2104. Les Pays lointains, *Julien Green*
P2105. L'Amérique m'inquiète.
Chroniques de la vie américaine 1
Jean-Paul Dubois
P2106. Moi je viens d'où ? *suivi de* C'est quoi l'intelligence ?
et de E = CM2, *Albert Jacquard, Marie-José Auderset*
P2107. Moi et les autres, initiation à la génétique
Albert Jacquard
P2108. Quand est-ce qu'on arrive ?, *Howard Buten*
P2109. Tendre est la mer, *Philip Plisson, Yann Queffélec*
P2110. Tabarly, *Yann Queffélec*
P2111. Les Hommes à terre, *Bernard Giraudeau*
P2112. Le Phare appelle à lui la tempête et autres poèmes
Malcolm Lowry
P2113. L'Invention des Désirades et autres poèmes
Daniel Maximin
P2114. Antartida, *Francisco Coloane*
P2115. Brefs aperçus sur l'éternel féminin, *Denis Grozdanovitch*
P2116. Le Vol de la mésange, *François Maspero*
P2117. Tordu, *Jonathan Kellerman*
P2118. Flic à Hollywood, *Joseph Wambaugh*
P2119. Ténébreuses, *Karin Alvtegen*
P2120. La Chanson du jardinier. Les Enquêtes de Miss Lalli
Kalpana Swaminathan
P2121. Portrait de l'écrivain en animal domestique
Lydie Salvayre
P2122. In memoriam, *Linda Lê*
P2123. Les Rois écarlates, *Tim Willocks*
P2124. Arrivederci amore, *Massimo Carlotto*
P2125. Les Carnets de monsieur Manatane
Benoît Poelvoorde, Pascal Lebrun
P2126. Guillon aggrave son cas, *Stéphane Guillon*
P2127. Le Manuel du parfait petit masochiste
Dan Greenburg, Marcia Jacobs
P2128. Shakespeare et moi, *Woody Allen*
P2129. Pour en finir une bonne fois pour toutes avec la culture
Woody Allen
P2130. Porno, *Irvine Welsh*
P2131. Jubilee, *Margaret Walker*
P2132. Michael Tolliver est vivant, *Armistead Maupin*
P2133. Le Saule, *Hubert Selby Jr*
P2134. Les Européens, *Henry James*
P2135. Comédie new-yorkaise, *David Schickler*

P2136. Professeur d'abstinence, *Tom Perrotta*
P2137. Haut vol : histoire d'amour, *Peter Carey*
P2138. Le Siffleur, *Laurent Chalumeau*
P2139. La Danseuse de Mao, *Qiu Xiaolong*
P2140. L'Homme délaissé, *C. J. Box*
P2141. Les Jardins de la mort, *George P. Pelecanos*
P2142. Avril rouge, *Santiago Roncagliolo*
P2143. Ma Mère, *Richard Ford*
P2144. Comme une mère, *Karine Reysset*
P2145. Titus d'Enfer. La Trilogie de Gormenghast, 1
Mervyn Peake
P2146. Gormenghast. La Trilogie de Gormenghast, 2
Mervyn Peake
P2147. Au monde.
Ce qu'accoucher veut dire : une sage-femme raconte…
Chantal Birman
P2148. Du plaisir à la dépendance.
Nouvelles thérapies, nouvelles addictions
Michel Lejoyeux
P2149. Carnets d'une longue marche.
Nouvelle marche d'Istanbul à Xi'an
Bernard Ollivier, François Dermaut
P2150. Treize Lunes, *Charles Frazier*
P2151. L'Amour du français.
Contre les puristes et autres censeurs de la langue
Alain Rey
P2152. Le Bout du rouleau, *Richard Ford*
P2153. Belle-sœur, *Patrick Besson*
P2154. Après, Fred Chichin est mort, *Pascale Clark*
P2155. La Leçon du maître et autres nouvelles, *Henry James*
P2156. La Route, *Cormac McCarthy*
P2157. À genoux, *Michael Connelly*
P2158. Baka !, *Dominique Sylvain*
P2159. Toujours L.A., *Bruce Wagner*
P2160. C'est la vie, *Ron Hansen*
P2161. Groom, *François Vallejo*
P2162. Les Démons de Dexter, *Jeff Lindsay*
P2163. Journal 1942-1944, *Hélène Berr*
P2164. Journal 1942-1944 (édition scolaire), *Hélène Berr*
P2165. Pura vida. Vie et Mort de William Walker,
Patrick Deville
P2166. Terroriste, *John Updike*
P2167. Le Chien de Dieu, *Patrick Bard*
P2168. La Trace, *Richard Collasse*
P2169. L'Homme du lac, *Arnaldur Indridason*
P2170. Et que justice soit faite, *Michael Koryta*

P2171. Le Dernier des Weynfeldt, *Martin Suter*
P2172. Le Noir qui marche à pied, *Louis-Ferdinand Despreez*
P2173. Abysses, *Frank Schätzing*
P2174. L'Audace d'espérer. Un nouveau rêve américain *Barack Obama*
P2175. Une Mercedes blanche avec des ailerons, *James Hawes*
P2176. La Fin des mystères, *Scarlett Thomas*
P2177. La Mémoire neuve, *Jérôme Lambert*
P2178. Méli-vélo. Abécédaire amoureux du vélo, *Paul Fournel*
P2179. Le Prince des braqueurs, *Chuck Hogan*
P2180. Corsaires du levant, *Arturo Pérez-Reverte*
P2181. Mort sur liste d'attente, *Veit Heinichen*
P2182. Héros et tombes, *Ernesto Sabato*
P2183. Teresa l'après-midi, *Juan Marsé*
P2184. Titus errant. La Trilogie de Gormenghast, 3 *Mervyn Peake*
P2185. Julie et Julia. Sexe, blog et bœuf bourguignon *Julie Powell*
P2186. Le Violon d'Hitler, *Igal Shamir*
P2187. La Mère qui voulait être femme, *Maryse Wolinski*
P2188. Le Maître d'amour, *Maryse Wolinski*
P2189. Les Oiseaux de Bangkok, *Manuel Vázquez Montalbán*
P2190. Intérieur Sud, *Bertrand Visage*
P2191. L'Homme qui voulait voir Mahona, *Henri Gougaud*
P2192. Écorces de sang, *Tana French*
P2193. Café Lovely, *Rattawut Lapacharoensap*
P2194. Vous ne me connaissez pas, *Joyce Carol Oates*
P2195. La Fortune de l'homme et autres nouvelles, *Anne Brochet*
P2196. L'Été le plus chaud, *Zsuzsa Bánk*
P2197. Ce que je sais… Un magnifique désastre 1988-1995. Mémoires 2, *Charles Pasqua*
P2198. Ambre, vol. 1, *Kathleen Winsor*
P2199. Ambre, vol. 2, *Kathleen Winsor*
P2200. Mauvaises Nouvelles des étoiles, *Serge Gainsbourg*
P2201. Jour de souffrance, *Catherine Millet*
P2202. Le Marché des amants, *Christine Angot*
P2203. L'État des lieux, *Richard Ford*
P2204. Le Roi de Kahel, *Tierno Monénembo*
P2205. Fugitives, *Alice Munro*
P2206. La Beauté du monde, *Michel Le Bris*
P2207. La Traversée du Mozambique par temps calme *Patrice Pluyette*
P2208. Ailleurs, *Julia Leigh*
P2210. Trans, *Pavel Hak*
P2211. Peut-être une histoire d'amour, *Martin Page*
P2212. Peuls, *Tierno Monénembo*